La marque de Valtor

© Hachette Livre, 2007, pour la présente édition.
Novélisation : Sophie Marvaud
Conception graphique du roman : François Hacker

Hachette Livre, 43, quai de Grenelle, 75015 Paris.

La marque de Valtor

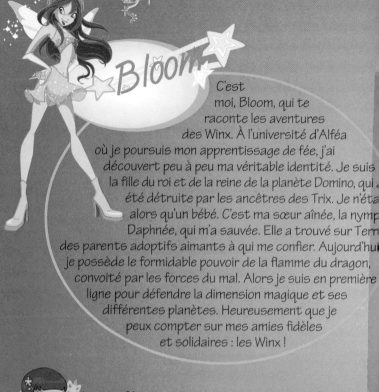

Bloom

C'est moi, Bloom, qui te raconte les aventures des Winx. À l'université d'Alféa où je poursuis mon apprentissage de fée, j'ai découvert peu à peu ma véritable identité. Je suis la fille du roi et de la reine de la planète Domino, qui a été détruite par les ancêtres des Trix. Je n'étais alors qu'un bébé. C'est ma sœur aînée, la nymphe Daphnée, qui m'a sauvée. Elle a trouvé sur Terre des parents adoptifs aimants à qui me confier. Aujourd'hui, je possède le formidable pouvoir de la flamme du dragon, convoité par les forces du mal. Alors je suis en première ligne pour défendre la dimension magique et ses différentes planètes. Heureusement que je peux compter sur mes amies fidèles et solidaires : les Winx !

La mini-fée Lockette est ma connexion parfaite. Chargée de me protéger, elle a une totale confiance en moi, ce qui m'aide à devenir meilleure.

Kiko est mon lapin apprivoisé. Il n'a aucun pouvoir magique et pourtant, je l'adore.

Stella

Originaire de la planète Solaria, la fée de la lune et du soleil a une très grande confiance en elle. Un peu trop, parfois ! Et puis, elle attache tant d'importance à son apparence… Heureusement qu'elle est aussi vive que drôle.

Amore est sa connexion parfaite.

fJora

Fée de la nature, douce et généreuse, elle est à l'écoute des plantes et elle sait leur parler. Cela nous sort de nombreux mauvais pas ! Dommage qu'elle manque parfois de confiance en elle.

Chatta est sa connexion parfaite.

Tecna

Directe
et droite, elle est d'une grande
débrouillardise. Normal, elle est la
fée des sciences et des inventions.
Elle maîtrise toutes les technologies,
auxquelles elle ajoute un zest de magie.

Digit
est sa connexion
parfaite.

musa

Tune
est sa connexion
parfaite.

Orpheline, la fée de la musique est
très sensible et pleine d'imagination.
Face au danger, sa musique devient
parfois une arme !

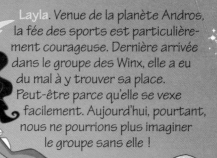

Layla. Venue de la planète Andros, la fée des sports est particulièrement courageuse. Dernière arrivée dans le groupe des Winx, elle a eu du mal à y trouver sa place. Peut-être parce qu'elle se vexe facilement. Aujourd'hui, pourtant, nous ne pourrions plus imaginer le groupe sans elle !

Piff est sa connexion parfaite.

L'université des fées est dirigée par l'adorable **Mme Faragonda.**

Rigide et autoritaire, **Griselda** est la surveillante de l'école.

Au royaume de Magix, un lieu hors du temps et de l'espace, la magie est quelque chose de normal. En plus d'Alféa, d'autres écoles s'y trouvent : la Fontaine Rouge des Spécialistes, la Tour Nuage des Sorcières, le cours de sorcellerie Bêta.

Saladin est le directeur de la Fontaine Rouge. Sa sagesse est comparable à celle de Mme Faragonda.

Ah ! les garçons de la Fontaine Rouge… Sans eux, la vie serait beaucoup moins intéressante. Nous craquons pour eux parce qu'ils sont charmants, généreux, dynamiques… Dommage qu'ils aient tout le temps besoin de se sentir importants et plus forts que les autres.

Prince Sky. Droit et honnête, l'héritier du royaume d'Éraklyon sait mieux que personne recréer un esprit d'équipe chez les garçons. Son amour me donne confiance et m'aide à triompher des pires obstacles.

Brandon est aussi charmant que dynamique et spontané. Pas étonnant que Stella craque pour lui.

Riven apprend à maîtriser son impulsivité et son orgueil. Il voit beaucoup moins la vie en noir depuis que Musa s'intéresse à lui.

Timmy est un jeune homme astucieux qui se passionne pour la technique. Avec Tecna, forcément, ils se comprennent au quart de tour.

Hélia est un artiste plein de sensibilité. Flora n'en revient pas, qu'un garçon pareil puisse exister.

Convoité par les forces du mal,
Magix est le lieu d'affrontements
terribles.

Valtor est un sorcier
extrêmement puissant. D'autant
plus qu'il cache son caractère
cruel et malfaisant sous une
apparence charmante. Son tour
préféré : transformer en monstre
toute personne qui s'oppose à lui. Ensuite,
soit le monstre sombre dans le désespoir,
soit il devient son esclave.

Les Trix ont été élèves à la Tour Nuage.
Mais toujours à la recherche de plus de
pouvoirs, elles ont fini par arrêter leurs
études de sorcellerie. Elles préfèrent
s'allier avec les forces du mal. Elles nous
détestent, nous les Winx.

Icy, qui est à la fois l'aînée des
Trix et leur chef, a pour armes
préférées les cristaux de glace, le
blizzard, les icebergs.

Stormy sait déclencher
tornades et tempêtes.

Darcy utilise des sortilèges
mentaux : elle crée des illusions
de toutes sortes qui peuvent
rendre fou.

Mme Griffin est la directrice de la
Tour Nuage, l'école des sorcières.
Mme Faragonda semble lui faire
confiance. Mais je me demande
si ce n'est pas une erreur…

Résumé de la saison 2

Notre deuxième année de scolarité à Alféa a été bouleversée par l'arrivée de notre nouvelle amie, la fée Layla. Celle-ci fuyait Lord Darkar, le monstrueux Phoenix.

Afin de devenir le maître absolu de Magix, Darkar avait besoin des quatre parties du Codex, un document magique très puissant, caché dans quatre lieux différents. Pour les retrouver, Darkar a envoyé à Alféa un faux professeur, et a même mis les Trix à son service.

Mais c'était compter sans nous, les Winx ! Pendant les terribles combats qui nous ont opposées à lui, chacune a découvert sa connexion parfaite : la mini-fée qui nous aide à accomplir notre devoir. Nous avons surmonté nos faiblesses et obtenu un pouvoir très spécial : le Charmix.

Au moment du combat final, il s'en est pourtant fallu de peu que Darkar ne triomphe ! Mais tous ensemble, Winx, Spécialistes et mini-fées, nous avons finalement pu vaincre Darkar ! Pour toujours ! Enfin, je l'espère...

Un bal de princesse

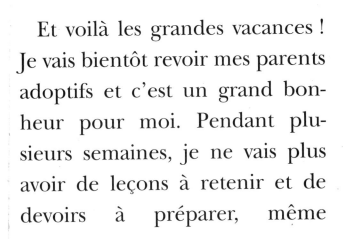

Et voilà les grandes vacances !
Je vais bientôt revoir mes parents
adoptifs et c'est un grand bon-
heur pour moi. Pendant plusieurs semaines, je ne vais plus
avoir de leçons à retenir et de
devoirs à préparer, même

magiques. Pourtant, j'ai le cafard. Un mois entier sans Sky, mon amoureux ! Comment vais-je tenir le coup ?

Autour de moi, les vêtements de Stella volent dans tous les sens. Mon amie les répartit entre ses deux gigantesques valises.

— Bon, cette jupe pour chez Maman et celle-là pour chez Papa... Ah, non, ça ne va pas ! J'ai absolument besoin de mon top bleu pour le pique-nique de Maman... Mais alors ? Dans ce cas-là, pour le défilé royal de Papa, je vais devoir porter ma robe rouge...

Musa qui passe par là hausse les épaules.

— Mais arrête de te casser la tête, Stella ! Tu n'as qu'à partager tes affaires au hasard. Et chez ton père ou ta mère, tu prendras la première tenue qui te tombe sous la main.

— M'habiller avec ce qui me tombe sous la main ! Tu es folle, Musa !

Un peu plus loin, aidée par Chatta, Flora rassemble d'un côté ses arômes magiques, de l'autre ses essences de fleurs.

Dans la chambre d'à côté, Tecna calcule sur son ordinateur comment répartir ses affaires entre ses trois sacs de voyage pour y faire tenir un maximum de choses.

— 22 pour 100 de vêtements

dans celui-ci, 18 pour 100 dans celui-là…

Layla passe sa tête dans l'entre-bâillement de la porte et m'interpelle :

— Eh, Bloom ! Puisque Musa et moi restons à Alféa pour les vacances, tu veux qu'on t'aide à porter tes valises ?

— Merci, mais ce n'est pas la peine.

Je préfère utiliser mes pouvoirs pour faire voler mes bagages, c'est plus amusant. Kiko est d'accord avec moi, car il adore s'asseoir sur ma valise et faire semblant de la piloter.

Mais en sortant dans la cour d'Alféa, j'ai une seconde d'inattention. Mes bagages ratent leur atterrissage et tombent sur ceux de Stella, qui répandent leur contenu par terre.

— Non, mais je rêve ! s'écrie mon amie. Eh, Bloom, tu as une idée des heures qu'il m'a fallu pour trier mes affaires ?

Je n'ai pas le temps de répondre, car un atome de soleil apparaît et virevolte entre nous. Il se transforme en un charmant page qui sonne dans une trompette d'or avant d'annoncer :

— Mesdemoiselles, la Cour

royale de Solaria est heureuse de vous inviter au Bal officiel de la Princesse.

— Un bal de princesse en mon honneur ! s'écrie Stella.

Une image-message surgit, celle du roi de Solaria, Radius, le père de Stella. Il semble très content de lui.

— Tu vas adorer la fête, ma chérie. J'ai prévu une annonce surprise à cette occasion.

Le page disparaît et Stella saute de joie.

— Changement de programme, mes amies ! Vous rejoindrez vos familles avec quelques jours de retard. Un bal de princesse, ça n'arrive qu'une seule fois dans une vie. Et moi, je vous veux toutes près de moi !

— Tu en as de la chance, dit Musa. Il n'y a pas beaucoup de

pères qui pensent à ce genre de
chose.

— Y compris le mien, répond
Stella. C'était toujours ma mère
qui organisait les fêtes, autrefois.
Tiens, quand j'y pense… L'invi-
tation ne venait pas de mon
père, mais de la Cour royale…

Elle pousse un cri de victoire.

— Je sais ! J'ai deviné l'annonce surprise !

Sur ses valises ouvertes, elle lance un nouveau sortilège :

— Les vêtements, mélangez vous ! Plus besoin d'avoir deux valises, maintenant, puisque mes parents se remettent ensemble !

Chapitre 2

Ce que Bloom ne sait pas

Un vaisseau spatial de la police aborde l'une des extrémités de la dimension magique. Le capitaine prévient le pilote :

— Attention ! N'approche pas plus, sinon le vaisseau va geler.

— C'est la dimension Oméga ?

demande l'un des prisonniers, terrorisé. Vous m'envoyez là-bas ?

— Non, pas toi, tu n'es pas assez méchant. Il fait tellement froid sur cette planète que le cœur se congèle. Un calvaire que je ne souhaite à personne.

Se tournant vers la deuxième cage de prisonniers, le capitaine ajoute :

— Mesdames, je suis désolé pour vous.

La soute du vaisseau

s'entrouvre. Trois gigantesques diamants de glace traversent l'espace et se plantent sur Omega.

Mais à peine arrivé, l'un d'entre eux se fissure déjà... Et une sorcière bien connue s'en extirpe en riant :

— Alors, comme ça, on veut me congeler le cœur ? Le mien est déjà si froid qu'Oméga n'y changera rien !

Il s'agit d'Icy, la chef des Trix. Même la prison la plus féroce de Magix ne peut l'arrêter !

Elle lance sa magie sur les dia-mants qui emprisonnent ses

sœurs. Moins résistantes qu'Icy, elles n'auraient sans doute pas réussi à s'en sortir toutes seules.

— Brrr… Quel froid ! murmure Stormy, l'air mal en point.

— On est où ? demande faiblement Darcy.

Icy les secoue sans ménagement :

— Dépêchez-vous de reprendre vos esprits, les filles ! Nous avons de la compagnie.

En effet, attirés par la chair fraîche, d'étranges vers géants sortent des galeries et se dirigent vers elles.

Après avoir pulvérisé le ver le

plus proche, les Trix courent se réfugier dans une grotte. Là, le sol gelé et en pente les entraîne vers les profondeurs d'Oméga.

Elles atterrissent dans une vaste caverne. Une surprise les y attend : un autre diamant de

glace qui enferme un homme gelé. Au-dessus de sa tête, une enseigne indique qu'il s'appelle Valtor et qu'il a été condamné pour l'éternité.

— Il a dû faire quelque chose de terrible, dit Stormy avec intérêt. Je me demande bien quoi...

— Eh, Hibernatus ! se moque Darcy. Cligne des yeux, si tu nous vois.

— Il a l'air éveillé ! s'écrie Stormy.

— Et si on donnait ce type aux vers géants ? suggère Icy. Ils nous laisseraient enfin tranquilles !

— Excellente idée !

Les sorcières concentrent leurs pouvoirs sur le diamant de glace… qui finit par exploser.

Un homme en sort, un peu étrange, élégant à sa manière. Il a aux lèvres un grand sourire plein de charme.

Pendant ce temps, les vers géants ont trouvé un passage vers la caverne. Mais l'homme dirige ses mains vers eux et il lance un pouvoir foudroyant qui les réduit tous en miettes !

— Joli travail ! apprécie Icy, qui s'y connaît.

L'homme la salue.

— Merci.

— Depuis combien de temps étais-tu dans ce bloc de glace ? lui demande Stormy.

— Dix-sept ans.

— Et tu es resté éveillé pendant toutes ces années ? Quelle

horreur ! Tu as dû tellement t'ennuyer…

Mais l'homme ne semble pas plus perturbé que ça.

— J'ai eu le temps de réfléchir…

— À quoi ?

Il a un sourire charmeur, et pourtant très inquiétant.

— À qui j'allais faire payer ce qui m'arrivait. Et comment...

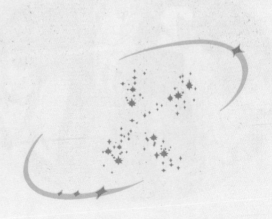

Curieuse rencontre

Nous les Winx, sommes parties en ville pour trouver des
tenues de bal. Comme il est
impossible de faire du shopping
le ventre vide, nous entrons dans
une pizzeria et commandons une
pizza.

Mais au moment où le pizza-iolo pose la boîte toute chaude sur le comptoir, une fille inconnue entre, s'avance, et nous l'arrache des mains.

— Merci.

Assez jolie avec ses cheveux bleus, elle est accompagnée de jumelles qui ont l'air tout à fait stupides.

— C'est ma pizza ! hurle Stella.

— Non, c'est la mienne ! prétend la fille.

Toutes les deux tirent si fort sur le carton qu'il explose. Les morceaux de pizza volent dans tous les sens.

— Vous êtes qui, au juste ?
demande la fille d'un air mépri-
sant. Les fées d'Alféa ?

— Exact. Et vous ?

Les jumelles minaudent et la
fille aux cheveux bleus répond
fièrement :

— Nous sommes les Bêta.

Ah oui, j'ai vaguement entendu parler de cette école de rattrapage pour sorcières un peu ratées…

Désireuse d'apaiser l'atmosphère, Flora leur adresse son plus charmant sourire.

— Vous êtes en vacances ?

— Oui. Et nous sommes invitées au bal de Chiméra, répond l'une des jumelles, en désignant la fille aux cheveux bleus.

— Et nous, au bal de Stella. Nous cherchons des robes.

— Nous aussi.

— Incroyable ! On en a des choses en commun, dit gentiment Flora.

Mais Chiméra ricane :

— T'es faite en quoi, toi ? En caramel mou ?

— Laisse ma copine tranquille, s'interpose Stella. Allez donc faire votre petit shopping !

Elles s'éloignent. Tandis que Flora, Musa, Tecna et Layla décident finalement de se rendre à la plage, Stella et moi entrons dans une boutique très particulière : on peut y tester de manière virtuelle toutes les robes vendues dans la ville.

Nous nous amusons à essayer les tenues les plus incroyables, les plus spectaculaires, en un mot, les plus royales.

— J'ai trouvé ! s'écrie soudain Stella, vêtue d'une magnifique robe rouge assez courte devant et très longue derrière.

Mais voilà Chiméra qui sort d'une autre cabine, vêtue de la même robe virtuelle !

— Extraordinaire, non ? C'est moi qui l'ai choisie !

— Je l'ai choisie aussi, rétorque Stella.

Le robot-vendeur s'avance alors pour nous expliquer que cette robe n'existe qu'en un seul exemplaire dans une boutique à l'autre bout de la ville.

Toutes, nous nous précipitons dehors, mon amie et moi d'un côté, les trois Bêta de l'autre.

Quelle course folle ! À ce moment-là, je vois exploser une gerbe d'étincelles magiques tout près de moi.

— Ces sorcières sont folles ! Elles nous attaquent pour une robe !

Leurs sorts rebondissent sur le sol et viennent frapper deux chiots qui jouaient sur un balcon. De frayeur, ceux-ci sautent dans le vide.

Le temps de les sauver d'une chute mortelle, nous arrivons

dans la boutique alors que les
sorcières Bêta sont en train de la
quitter. Chiméra nous nargue
avec la robe qu'elle emporte.
Stella se penche par-dessus le
comptoir et s'énerve contre la
vendeuse :

— Comment avez-vous pu vendre ma robe à cette fille ? Je suis la princesse de Solaria !

La pauvre vendeuse la regarde bouche bée :

— Mais… Elle aussi s'est présentée comme la princesse de Solaria !

— Vraiment ! La menteuse !

Chapitre 4

Ce que Bloom ne sait pas

Icy contemple avec intérêt l'homme qui vient de pulvériser quelques vers géants.

— Tu peux allier tes pouvoirs aux nôtres, afin qu'on sorte tous ensemble de cette prison de glace. Mais attention ! Nous ne supportons pas de recevoir des ordres.

— Je serais vraiment stupide de vous en donner, murmure l'homme, un éclair de malice dans les yeux. Je sais où se trouve la sortie d'Oméga : c'est un portail magique qui mène à la planète Andros.

À travers les couloirs de glace, il conduit les Trix jusqu'à une vaste spirale de pierres incrustées dans le sol : le portail interdimensionnel.

— Ce truc semble incassable, fait remarquer Icy.

— Il suffit pourtant de le trans-percer d'un trou minuscule pour qu'il s'ouvre. Laissez-moi faire…

Valtor concentre toute son énergie magique sur le point central de la cuvette. Rien ne se passe.

— À mon tour, dit Icy.

Elle va dans le couloir attirer un ver géant, puis elle vole au-dessus du portail. Lorsque le ver lance son venin de glace, celui-ci rebondit sur le bouclier qui protège Icy et se répand sur le centre de la spirale. Aussitôt, le portail s'entrouvre et Icy triomphe.

— J'aime beaucoup ton style, applaudit Valtor, en connaisseur. Et maintenant Andros est à nous !

Dans les heures qui suivent, des événements étranges et terrifiants se déroulent sur Andros, la planète d'où vient Layla.

Plusieurs sirènes qui vivent dans son océan sont capturées et emmenées sur Oméga. Leurs geôlières sont d'autres sirènes mons-

trueuses, squelettiques, avec des visages et des chevelures de cadavres.

— Je vous en supplie, ne nous faites pas de mal ! s'écrie l'une des prisonnières.

Derrière les sirènes monstrueuses, surgit un bel homme au sourire charmeur et inquiétant.

— Elles ne vous écoutent pas. Elles sont devenues mes esclaves. Regardez : elles portent mon signe, la marque de Valtor. Et dans quelques secondes, ce sera votre tour !

Effectivement, un éclair de magie plus tard, chacune des

sirènes est marquée d'un mysté-
rieux *V*. Au même instant, elles
sont transformées elles aussi en
monstres.

Derrière Valtor, les Trix
applaudissent.

— Tous les deux, dit Darcy à Valtor, euh… je veux dire, tous les quatre, nous irons loin.

— Nous irons beaucoup plus loin que ce que vous pouvez imaginer… sourit le beau mais inquiétant sorcier. Encore un peu de patience pourtant. La prison m'a beaucoup affaibli…

— Tu es déjà très puissant, fait remarquer Icy.

— Ça ne me suffit pas ! Pour récupérer la totalité de mes pouvoirs, j'ai besoin du soleil de Solaria. Ensuite, je pourrai attaquer un à un tous les royaumes de Magix et j'en deviendrai le maître. Partout dans l'univers, se trouvera la marque du puissant Valtor !

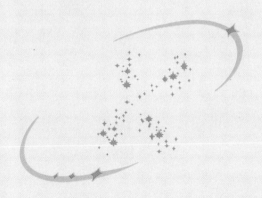

Chapitre 5

Danger !

Stella finit par s'acheter une autre robe et nous rejoignons nos amies sur la plage. Des familles entières jouent dans le sable et sautent dans les vagues.

Dès qu'elle aperçoit Musa, Stella s'exclame :

— Qu'est-ce qui est arrivé à tes cheveux ?

— J'ai eu envie de changer de look.

Toutes, nous admirons ses magnifiques cheveux sombres dénoués. Cette coiffure lui va beaucoup mieux que l'ancienne !

— Ah ! vous m'auriez vue avec la robe que j'avais trouvée… commence Stella.

Et elle raconte à nos amies notre mésaventure.

— Eh bien, lui dis-je. La cour

de Solaria organise un bal en ton honneur. Tes parents se sont remis ensemble. Et en plus, c'est les vacances. Alors, qu'est-ce qu'on pourrait rêver de mieux ?

— Que vos amis soient là ! s'exclame une voix de garçon.

Je me retourne. Sky ! Et Brandon, Timmy, Hélia, Riven… Chacune de nous retrouve son amoureux et l'euphorie est générale.

— Regarde, Bloom… dit soudain Layla. Il se passe quelque chose d'anormal…

Notre amie la fée des sports

contemple l'océan d'un visage grave et inquiet.

En effet, la mer s'est retirée de la plage, très loin à l'horizon… Et voilà que surgit au large une vague énorme, terrifiante !

Je saute sur mes pieds.

— Vite ! Magie des Winx !

Aussitôt, nous volons de tous les côtés pour mettre les gens à l'abri, y compris ceux qui se baignent. Grâce à nous, la vague finit par déferler sur une plage vide. Quel soulagement !

— Ce petit bain était rafraîchissant, blague Sky pour qu'on se détende un peu.

— Mais cette vague n'était pas normale, assure Tecna. Quelque chose a dû la provoquer.

— Quelque chose… au fond des océans, précise Layla.

La plage et la mer ont repris leur aspect habituel. Sortant de l'eau, une jolie sirène glisse vers nous sur sa longue nageoire de poisson. Elle s'incline devant Layla et lui parle dans un langage que nous ne comprenons pas.

Notre amie semble catastrophée.

— Andros court un très grand danger ! Je dois partir à son secours.

— Nous t'accompagnons, dit aussitôt Musa.

— C'est impossible. Le moyen le plus rapide pour m'y rendre, c'est en traversant les océans. Je suis la seule capable de nager

assez vite. Et puis, il y a le bal de Stella, que vous ne pouvez pas manquer. Allez-y, et nous resterons en contact grâce à l'ordinateur magique de Tecna.

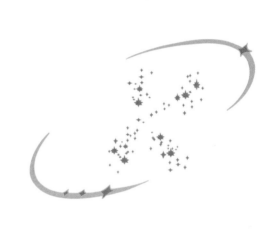

Chapitre 6

Deux princesses

Malgré notre inquiétude, Stella et moi prenons le premier astronef pour Solaria. Nous arrivons dans un magnifique palais baigné de lumière et entouré de jardins verdoyants.

Nous sommes accueillies par

un bel homme à la barbe blonde et aux yeux dorés, le roi Radius. Il serre sa fille dans ses bras puis se tourne vers moi :

— Bienvenue dans mon royaume, Bloom. Je suis ravi de te rencontrer car Stella m'a beaucoup parlé de toi. Fais comme chez toi, ici.

— Je vais essayer, roi Radius, bien que ma maison ait à peu près cent pièces de moins que la vôtre !

— Tu vas t'y habituer, dit Stella. Viens, je vais te faire visiter le palais.

À sa suite, je découvre les fontaines, les vergers, les immenses salons somptueusement décorés, et enfin, la grande salle de l'Univers, une immense fenêtre ouverte sur l'ensemble des galaxies.

Quelque part, dans ce monde infini d'étoiles, se trouvent Oritel et Marion, mes parents biologiques. Les sorcières les ont chassés de la planète Domino, qui est devenue un monde froid et isolé. Je sais que mes parents sont toujours vivants quelque part... Les retrouverai-je un jour ?

Des larmes m'embuent les yeux. Stella le remarque et me prend par les épaules :

— Garde espoir, Bloom...

Mais déjà, mon amie m'entraîne dans les salles suivantes.

— Voici mes appartements privés.

— Vraiment ? Toutes ces pièces pour toi toute seule ?

— Oui, bien sûr. Et il y a aussi quatre autres petites chambres un peu plus loin.

Dans l'une des salles, se trouve une montagne de cadeaux.

— Ils sont tous pour toi ? Je n'en ai pas eu autant lors de tous mes anniversaires réunis.

— Oh tu sais, il y a là-dedans beaucoup de bijoux démodés,

de couronnes tape-à-l'œil, de sceptres tellement lourds que je ne peux même pas les porter… Ah, la vie de princesse, c'est tellement dur…

— Arrête, Stella, tu m'énerves !

Soudain, une belle femme élégante s'avance vers nous.

— Ma chère Stella !

Mon amie et la femme se font une révérence mutuelle. Stella en profite pour chuchoter :

— C'est la comtesse Cassandra. Elle a beaucoup d'influence à la cour.

Cassandra offre à Stella son

présent d'anniversaire : une parure en diamants.

— Elle te plaît ? C'est ma fille qui l'a choisie. Viens, Chiméra, que je te présente.

Entre dans la salle une jeune fille avec des cheveux bleus.

— La voleuse de robe ! s'écrie Stella.

— Tiens, la dimension magique est petite ! fait Chiméra d'un air narquois.

— Vous vous connaissez ? demande Cassandra, interloquée.

Tandis que Stella et Chiméra se regardent en chien de faïence, je tente d'apaiser l'atmosphère.

— Pas encore très bien. Mais qui sait, c'est peut-être le début d'une grande amitié !

Chapitre 7

Ce que Bloom ne sait pas

Pendant ce temps, sur Andros, une pluie diluvienne tombe sans jamais s'arrêter, et des tempêtes gigantesques secouent l'océan.

Aidée par ses serviteurs, la princesse Layla vole au secours des sirènes en péril. Malgré son courage et son énergie, elle n'en sauve pourtant que quelques-unes.

De son côté, Valtor pénètre seul dans le palais du roi Radius, laissant les Trix devant le portail inter-dimensionnel. Le sorcier flaire aussitôt un parfum de haine qui accompagne Chiméra et sa mère, la comtesse Cassandra. En traversant les murs, il se cache près d'elles, et écoute leur conversation.

— Je ne peux plus supporter cette Stella ! trépigne Chiméra. Elle est belle, elle est princesse, son père l'adore, et en plus elle a de la chance ! Je la déteste !

— Ton tour viendra, la console sa mère.

— Je donnerais n'importe quoi pour être à sa place, gémit Chiméra.

— Pourquoi être comme elle, alors que tu pourrais être telle-ment plus encore ? demande une voix d'homme inconnue.

Cassandra sursaute.

— Qui êtes-vous, monsieur ? Que faites-vous dans mes appar-tements ?

L'homme les salue avec élé-gance.

— J'ai entendu votre détresse. Or, je peux vous donner à toutes les deux des pouvoirs incroyables. Ils vous permettront de réaliser tous vos rêves et de diriger le roi Radius comme il vous plaira.

— À quelle condition ? demande Cassandra, méfiante.

— Oh, presque rien. Aidez-moi à trouver la source de lumière de Solaria. J'aimerais la contempler.

— Marché conclu.

Quelques corridors plus tard, le sorcier se tient devant la petite flamme très puissante du soleil de Solaria, située au cœur du

palais. Il tend les mains vers sa lumière.

— Ah… Je sens que son énergie entre en moi… Qu'elle me baigne de l'intérieur…

Soudain, il exulte :

— Ça y est ! Le grand Valtor

est de retour ! Et maintenant, mesdames, il est temps de tenir ma promesse.

Avant que Cassandra et Chiméra aient le temps de l'interroger, il se tourne vers elles et leur lance un sort. Un éclair magique entre en elles. Elles possèdent désormais d'importants pouvoirs de sorcières. Mais sur leur cou apparaît... la marque de Valtor.

Chapitre 8

Le bal
du monstre

Le soir même, le bal de princesse commence. La foule des
invités envahit les salles de récep-
tion du palais de Solaria.

Flora, Musa et Tecna sont
superbes dans leur robe de fête.
Sky et Brandon ne sont pas mal

non plus avec leur rose à la bou-
tonnière. Je saute dans les bras
de mon amoureux qui me serre
contre lui.

Notre seule inquiétude, c'est
que Tecna n'a aucune nouvelle
de Layla.

Mais voilà le roi Radius qui
descend le grand escalier, au
bras de la princesse Stella. Un
murmure parcourt l'assemblée :
comme elle est belle !

— Aujourd'hui, nous célébrons
ma fille, la princesse Stella,

annonce le roi. Et j'ai une autre excellente nouvelle… Pour ma fille, pour ma famille, et pour mon royaume.

Tout le monde retient son souffle.

— Bientôt, Solaria aura une nouvelle reine !

Stupéfaite, Stella se fige. Au milieu des invités, le roi tend la main vers la comtesse Cassandra.

— Ma chérie, venez que je vous présente à votre peuple.

Toute rougissante, la comtesse vient se placer auprès du roi. La foule applaudit.

D'un air de reproche, Stella souffle à l'oreille de son père :

— Mais pourquoi tu ne me l'as pas dit avant ?

— Je voulais te faire une surprise, ma chérie. Cassandra t'aime tellement !

Furieuse et bouleversée, Stella nous entraîne discrètement dans un coin.

— Mon père vient de gâcher ma fête ! Je ne peux pas y croire ! Moi qui pensais que mes parents allaient se remettre ensemble !

Dans l'espoir de consoler son amoureuse, Brandon lui tend le présent d'anniversaire qu'il lui a préparé.

— Tiens, ma chère Stella…

— Pose-le derrière avec les autres. Je l'ouvrirai plus tard.

Pauvre Brandon ! Mais il n'a pas le temps de protester que

Chiméra s'approche de Stella, menaçante.

— Par le pouvoir de Valtor, transformation, mutation !

Je n'en crois pas mes yeux ! Elle vient de lancer un sort sur Stella ! Qui se transforme en une sorte de crapaud femelle géant... un monstre ! Quelle horreur !

Musa, Tecna, Flora et moi concentrons nos pouvoirs de guérison sur notre pauvre amie. Mais cela n'a aucun effet !

— Qu'on chasse ce monstre ! ordonne le roi Radius.

Je tente de m'interposer.

— Il s'agit de votre fille, Majesté !

Mais le roi a maintenant un regard étrange, absent, celui d'une personne ensorcelée.

Alors, pour l'instant, nous n'avons plus qu'une chose à

faire : protéger Stella et, pour cela, nous enfuir avec elle loin du palais.

— Magie des Winx !

Tandis que Tecna et Musa arrêtent les gardes de Solaria, Sky et Brandon filent dehors pour faire démarrer le vaisseau spatial qui nous ramènera à Alféa. Quant à Flora et moi, nous réussissons à emporter Stella dans les airs jusque devant le vaisseau.

Tous réunis, nous quittons Solaria. Des trombes d'eau se déversent sur la planète où, d'habitude, le soleil brille en permanence.

— Ne m'abandonnez jamais, dit Stella en cachant son visage dans ses mains. Je suis tellement hideuse !

Je serre les mains de mon amie et la regarde dans les yeux :

— Jamais nous ne te laisserons tomber, Stella ! Tu vas retrouver ton apparence normale, parce que nous allons découvrir un moyen d'annuler ce maléfice.

Je me doute pourtant que ce sera difficile. Qui est donc ce Valtor, invoqué par Chiméra ? Ce nouvel ennemi a une puissance terrible !

FIN

Quel nouveau plan maléfique
les Winx devront-elles déjouer ?
Pour le savoir,

regarde vite la page suivante !

Bloom et ses amies sont prêtes pour de nouvelles aventures !

Winx Club 18
Le Miroir de Vérité

De retour à Alféa, les Winx sont complètement désemparées : Stella, transformée en monstre par Chiméra, ne peut plus soutenir le regard de ses amies.

Pour que la fée de la lune et du soleil retrouve son apparence normale, les Winx et les Spécialistes partent à la recherche du Miroir de Vérité, le seul instrument magique qui puisse la sauver du maléfice…

Les as-tu tous lus ?

Retrouve toutes les histoires de tes fées préférées
dans les livres précédents...

Saison 1

1. Les pouvoirs
de Bloom

2. Bienvenue
à Magix

3. L'université
des fées

4. La voix
de la nature

5. La Tour
Nuage

6. Le Rallye
de la Rose

Saison 2

7. Les mini-fées

8. Le mariage
de Brandon

9. L'étrange
Avalon

10. À la poursuite
du Codex

11. Sur la planète
du prince Sky

12. Que la fête
continue !

13. Alliance
impossible

14. Le village
des mini-fées

15. Le pouvoir du
Charmix

16. Le royaume
de Darkar

Table

« Pour l'éditeur, le principe est d'utiliser des papiers composés de fibres naturelles, renouvelables, recyclables et fabriquées à partir de bois issus de forêts qui adoptent un système d'aménagement durable. En outre, l'éditeur attend de ses fournisseurs de papier qu'ils s'inscrivent dans une démarche de certification environnementale reconnue. »

Composition **Nord Compo** – Villeneuve d'Ascq

Imprimé en France par Jean-Lamour - Groupe Qualibris
Dépôt légal : juillet 2009
20.20.1477.7/04 – ISBN 978-2-01-201477-0
Loi n°49-956 du 16 juillet 1949
sur les publications destinées à la jeunesse